我承诺

[美]勒布朗·詹姆斯 /著 　 [美]尼娜·玛塔 /绘

阿甲 /译

海天出版社
HAITIAN PUBLISHING HOUSE
·深圳·

版权登记号 图字：19-2022-097 号

图书在版编目（CIP）数据

我承诺 / （美）勒布朗·詹姆斯著；（美）尼娜·玛
塔绘；阿甲译. -- 深圳：海天出版社，2022.12
　　ISBN 978-7-5507-3556-9

Ⅰ．①我… Ⅱ．①勒… ②尼… ③阿… Ⅲ．①儿童故
事—图画故事—美国—现代 Ⅳ．① I712.85

中国版本图书馆 CIP 数据核字 (2022) 第 113515 号

我承诺
WO CHENGNUO

出 品 人　聂雄前　　　责任编辑　杨华妮　张嘉嘉　　　责任技编　陈洁霞
责任校对　熊　星　　　装帧设计　王　佳

出版发行　海天出版社	开　本　889mm×1194mm 1/16
地　　址　深圳市彩田南路海天综合大厦（518033）	印　张　2.5
网　　址　www.htph.com.cn	字　数　25 千
订购电话　0755-83460239（邮购、团购）	版　次　2022 年 12 月第 1 版
设计制作　深圳市童研社文化科技有限公司	印　次　2022 年 12 月第 1 次
印　　刷　中华商务联合印刷（广东）有限公司	定　价　49.80 元

献给启动这一切的孩子们，还有在我家乡阿克伦市的"我承诺"大家庭。
这些承诺是为你们准备的，而且我希望，
它们也许对全国各地的每个学生、教室和家庭都有帮助。
你们每一天都在激励着我！

——勒布朗

献给阿里亚和敢于怀抱远大梦想的孩子们。
一切都从你们对自己的承诺开始。

——尼娜

我承诺要努力奋斗，做正确的事，
成为这场人生游戏中的引领者。

我承诺要好好上学，
尽可能多多阅读，

10

遵守游戏规则，
尊重游戏的既定战术。

我承诺每次都要上场
并且全场奔跑，

跌倒后马上站起来，

让我的魔法闪耀。

我承诺保持开放、勇于尝试，

享受变化所带来的欢喜。

我承诺说话时会带着
灿烂的笑容和善意。

无论输赢，都要保持
谦卑并坚定有力。

我承诺当我需要时
会去寻求帮助。

仰望星空，即使星星
一时被乌云遮住。

19

我承诺要敢于提问

并寻找答案，

坚信总有下一次，
有机会继续向前。

21

我承诺要敢于发声，为正确的事情挺身而出。

即使事情变得很艰难，也要努力争取。

我承诺要挺直站立、高高跃起，
付出我的所有。

去完成精彩的空中接力，
点燃所有在场的朋友。

我承诺要尊重长辈和我的同龄人。
让这世界变得比我到来时更加美好。

我承诺要挺胸抬头，真诚待人待己。
无论遇到什么，永远都不放弃。

我承诺要有远大梦想，
胸怀更博大的爱，
要有良好的团队精神，
而且永不言败。

29

我承诺要过桥、破冰，
努力克服困难，

和太阳一同起床，
从跌倒中学到经验。

31

我承诺要有勇气，
要拥抱自由，
追求卓越，自强不息……

我承诺
要做我自己。

[勒布朗·詹姆斯家族基金会]

你的承诺

"我承诺"学校的灵感来自我家乡和世界各地孩子们的远大梦想。它是一个致力于帮助这些孩子及其家庭充分发挥潜力的地方。在每个学年的开始，以及每天早晨，所有学生都会重复对自己做出一系列的承诺，就像本书中的那些承诺。设定目标，努力奋斗，并对自己负责——这是迈向成功的第一步。我们很高兴你能加入到这一达成目标的旅程中来。下面是我们的日常承诺，请你一起来吧！

请记住：

没有什么是天上掉下来的。

一切都要靠自己争取。

勒布朗·詹姆斯

我承诺……

- 好好上学。

- 做好所有的家庭作业。

- 倾听老师的教诲,因为他们会帮助我学习。

- 敢于提问并寻找答案。

- 乐于助人并尊重他人。

- 通过正确饮食和积极运动,过上健康生活。

- 为自己做出正确的选择。

- 玩得开心。

- 最重要的是,要完成学业!

#追求卓越 自强不息